KB193771

내일도 답일은 울뺄이다

★ 공고 학생들이 쓴 시

내일도 담임은 울 삘이다

김상희★정윤혜★조혜숙 엮음

Humanist

네 가지가 없는 시

우리 학생들의 시에는 '허구'가 없다.
시어의 함축도 우의도 상징성도 없다.
애매함도 모호함도 논리적 비약도 없다.
시를 이해하기 위한 고도의 추리력과 직관력도 필요 없다.

그래서인지 이런 것도 시냐고 묻는 이가 있었다. 나도 그런 것을 나에게 물어보곤 했다.

2008년 가을부터 2010년 가을까지 세 해의 가을 동안 우리는 시 비슷하게 생긴 것들을 가지고 학생들을 만났다. 그리고 학생들은 시 비슷한 것들을 흉내 내면서 썼다. 우리는 시 비슷한 것들을 모아 놓고 같이 읽고 평가하고 웃었다. 유쾌하고 기쁜 웃음보다는 슬픔 쪽에 가까운 웃음이 많았다. 그러나 자신과 가족과 친구를 관찰하고 정직하게 드러내는 학생들이

기특했다. 가짜로 말하지 않았고, 가짜를 말하지도 않았다.

　학생들의 시는 '思無邪(사무사)'하다고 말해도 될까.
　생각에 사특함이 없이, 있는 그대로를 보고 말한 것이라고
칭찬해 주고 싶다.

　이 책은 '삶을 위한 글쓰기 교육'을 실천해 오신 선배들께
빚지고 있다. 감사드린다.
　그리고 시 쓰기 수업에 잘 참여해 준 학생들에게 감사의 인
사를 전한다.

2012년 3월
엮은이 조혜숙

차례

3부　우리 학급 생활 규칙 열 가지

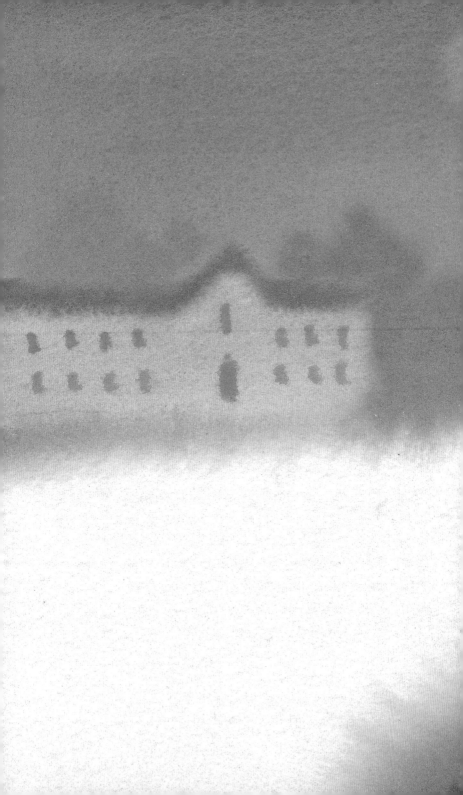

1부

똥개와

노스 패딩

류연우

겨울이 오면 모든 학생들이
노스 패딩을 입는다
왜 노스만 입을까
다른 패딩들도 많은데
노스는 비싼데, 담배빵 당하면 터지는데
노스는 간지템, 비싼 노스 안에 내 몸을 숨기고
무엇이라도 된 듯하게 당당하게 거리를 걷는다
한겨울엔 노스만 입어도 무서울 게 없다

네네치킨

이훈

나는 네네치킨에서 일한다
나는 배달부장 이 부장이다
나는 이 동네 배달 업체를 주름잡는 사람이다

바삭바삭 고소한 마일드 치킨
새콤달콤한 소스에 파가 듬뿍 오리엔탈 파닭
달콤하고 진한 치즈 가루가 듬뿍 스노윙 치킨
무 없인 못 먹는 양념 치킨
머스터드 없인 못 먹는 참나무 훈제 치킨
눈물 콧물 매워 터지는 쇼킹 핫 양념 치킨
불고기 소스에 꽉꽉 볶아 버린 후닭
어린이들의 사랑 뼈 없는 순살 치킨
아저씨들의 메인 술안주 노가리

깔끔한 포장과 큰 닭의 맛이 일품인
나의 사랑 네네치킨
오늘도 고객들을 위해 지도를 보고 엑셀을 땡긴다

똥개와 나

윤희범

할 일이 없어 싸돌아다니는 것도
날마다 먹고 싸고 자고 하는 것도
사고 치고 잽싸게 도망가는 것도
먹을 것 주는 사람 좋아하는 것도
똥개와 나는 닮았다

하지만 이것만은 닮고 싶지 않다
전봇대에 자기 영역 표시를 하고
아무 데나 똥을 싸는 것
이런 것들은 닮지 않았다
아니 닮지 않을 것이다

시간

홍여름

시간은 왜 나를 기다려 주지 않는 걸까
엄마도 친구도 다 나를 기다려 주는데
시간은 왜 나를 기다려 주지 않는 걸까
내가 나쁜 짓을 해도
내가 시험을 못 봐도
내가 친구와 싸워도
시간만 있으면 다 해결될 텐데
시간은 왜 나를 기다려 주지 않는 걸까
늘 후회하고 돌이키고 싶지만
시간은 나를 기다려 주지 않는다

담배

박준형

어른들은 속상해서 담배를 피운다고 한다
하지만 내 친구들은 맛있어서 피운다고 한다
나도 피울까? 말까? 맛있을까? 맛없을까?
여러 가지 생각이 든다

나도 새로운 곳을 향해 달릴 수 있을까?

전현준

사백 미터 트랙을
세 바퀴 반 일곱 바퀴 반
앞사람 다리만 보고 달렸다!
난 늘 뒤에 있었지만
천오백 미터, 삼천 미터
운동선수였다

운동을 그만둔 지금
나는 무얼 해야 할까?
내 인생의 트랙을
잃어버린 것처럼
어디를 뛰어야 할지 모르겠다

때문에

송유정

아직 어린 열일곱 살이기 때문에
아직 어린 고등학교 1학년이기 때문에
아직 어린 엄마 아빠의 딸이기 때문에

짧은 치마를 입는 것도
짙은 화장을 하는 것도
옷을 펑펑 사는 것도
친구들과 밤늦게 노는 것도
내 맘대로 할 수가 없다
내 마음은 벌써 어른인데
어른들은 우리 맘을 모른다

아직 어린 열일곱 살이기 때문에
아직 어린 고등학교 1학년이기 때문에
아직 어린 엄마 아빠의 딸이기 때문에
그저 아직 어리기 때문에

실업계의 편견

정민석

나는 오늘도 지하철을 탄다
사람들은 내 교복을 보고는
얼굴을 찌푸린다

왜일까? 바로
실업계라는 것 때문이다
사람들은 실업계를 어떻게 생각할까?
무식하고 사고 치고 예의 없고
이렇게 생각할 것이다

나는 사람들의 편견을 깨고 싶다
하지만 나 혼자는 역부족

나는 이런 편견들을
부숴 버리고 싶을 뿐이다

박쥐

김환찬

박쥐
아침에는 모습을 감추고
밤에는 모습을 드러내는
마치 그림자와 같은 존재
박쥐
밤에는 검은 복면으로
자신의 얼굴을 가리고
자유로이 활동하는 존재
박쥐
어둠 속에서 자신의 고통과 아픔, 괴로움을
안고 사는 존재
박쥐
어둠 속에서 자신의 감정을
드러내는 존재

소문

윤찬미

비밀이 있었네
풍선이 아닌 것이 부풀려지고
발도 없는 것이 언제 저렇게
멀리 갔는가
물건도 아닌 것이 만질 수도 없는 것이
여기저기 잘도 돌아다니는구나

웃음

허민

웃고 또 웃고 또 웃는다
사람들이 욕을 해도 웃는다
사람들이 바보라 하지만 나는 웃는다
내 감정을 드러내기 싫어서 웃는다

파일노리

이재성

실행되지 않는 파일
제목과 완전 다른 영화
끼워 팔기, 사골 중복 야동
판매자는 속이고
구매자는 속는다
이처럼 이익을 위해 양심도 판매하는
이곳은
파일노리
혹은
지금의 우리 사회

돈

최종혁

모든 것엔 돈이 필요하다
돈이 있으면 곁에 사람이 많다
반대로 돈이 없으면
곁에 사람이 없다

돈으로 살 수 없는 것도 있다
그래도 돈이 많으면
인생을 즐겁게 살고
모든 게 편해진다

돈은 중요하다

담배

임진기

중학교 3학년 때 친한 친구가
나에게 담배를 권했다
한번 해 보자는 생각이 들었다
그렇게 시작한 담배
담배는 왜 끊을 수 없을까⋯⋯
돈이 없어서 담배를 못 사면
친구를 기다린다
지금은 담배를 줄여 가고 있다
계속 이렇게 줄여 가면
언젠가는 끊게 되겠지

알바

한동해

알바 자리가 생겨서
면접 보러 가니깐
전화한다고 한다

말로는 전화한다고 하는데
나는 전화 안 할 거라는 걸 알고 있다

그래도 희망을 가지고
지금도 내일도 그다음 날도
기다릴 것이다

일진

김두호

길거리를 돌아다니다 보면
옛날에는 찾아볼 수 없는
꽉 끼는 바지와 짧은 치마
화장을 덕지덕지 칠한
여자아이들과 남자아이들이
오토바이를 타고
다니는 모습을 쉽게 볼 수 있다
세수만 해도 이쁜 나이인데
왜 그러는지 모르겠다

아르바이트

유성민

돈이 없어서
전단지 알바를 했다
근데 안 받는 사람들이 많다
존나 쿨한 척하고 안 받거나
존나 쪼개며 안 받을 때
기분이 상한다
내가 왜 이 짓을 해야 할까
용돈 안 주는 엄마가 밉다

시간

김승우

또 시간이 흘렀네
이놈의 시간은 천천히 좀 가면 안 되나
마치 레이스를 하듯 빨리 지나간다
어떤 사람은
부모님들이 깔아 준 아스팔트 위를 달린다
가끔은 그런 사람들이 부러울 때가 있다
이 길의 끝에는 무엇이 있을까

딸배 인생

김남훈

난 오늘도 어김없이 배달을 한다
또 시작된 딸배
돈을 벌겠다고 시작한 알바가 직장이 되었다
배달을 가면서
이리저리 곡예를 부리며
차들을 제낀다
위험한 인생이다
그래도 난 돈을 벌 것이다
그것이 살 길이다

너희들의 시선

정준영

내가 공고에 다닌다고
그렇게 쳐다볼 일 아니잖아
내가 공고에 다닌다고
그런 말 해도 되는 거 아니잖아

그런 어른들의 시선이
우릴 비참하게 만들잖아

너희 학교는 공고니까
비웃듯 말하는 네 표정이
너랑 나랑 이젠 다르다는 말투가

'내가 왜 그랬지'라는
하지 않아도 될 생각을 하게 만들잖아

자꾸 그렇게 날 볼수록 정말 난,
네가 말하는 내가 되어 가고 있잖아

졸업 후

한재원

머지않았다
이제 학교를 나가면
진학이든 취업이든 해야 할 텐데
막막하다
진학을 하지 않으면
가족들이 날 잡아먹을 것이다
근데 자신이 없다

결국 때가 되면 어떻게든 되겠지

지우개

김종신

연필이 잘못 쓴 글씨를
지우개는 말없이 지워 준다

분필이 잘못 쓴 글씨를
칠판지우개는 말없이 지워 준다

볼펜이 잘못 쓴 글씨를
화이트는 말없이 지워 준다

바닥에 흘린 음료수를
수건은 말없이 닦아 준다

옷에 흘린 더러운 것들을
비누는 말없이 빨아 준다

내가 한 잘못……
내가 한 실수……
말없이 지워질 수 없겠지……

시간의 중요성

주연승

멍하니
판타지 책만 보며
살아왔다

그러다
정신 차려 보니
주위 사람은 다 사라졌더라

과거로 갈 수 있다면
공부라는 걸 해 볼 테다

시간을 돌릴 수만 있다면
좀 더 바른 선택을 해 볼 테다

하나……
이미……

현실도피

김희원

나는 오늘도 현실에서 도망친다
학교에서는 평범하다 못해 찌질한 학생
부모님한테는 공부 못해 공고 간 멍청이
세상은 날 비웃는다

그때마다 나는 현실도피를 한다
지친 나의 몸과 마음을 치료해 주는 곳으로
거기서만큼은 난 누구한테도 지지 않는다
무시당하지 않는다

점점 이런 생각들이 내 마음을 지배해 간다
언제부터였을까
이런 내가 죽도록 미워 죽겠다

원동기 면허증

서형진

중학교 때부터 기다리던 원동기 면허증
친구들과 함께 핸드폰을 꺼내
달력을 보며 1년이 넘게 남았는데도
자기가 더 빠르다며 자랑하는 놈
나는 너무 오래 남았다는 놈
이런저런 얘기를 하며 기다리던 원동기 면허증

기다리고 기다리던 면허 따는 날
통과했다는 소식을 듣고 기분 날뛰던 날
사고가 난 지금 생각해 본다
정말로 내 인생에서 원동기 면허증이
꼭 필요한 것인가

가출

김부찬

짐을 쌌다
겉옷 한 벌 속옷 한 벌
새벽 두 시 집을 나갔다
해 뜰 때까지 돌아다녔다
아는 형이랑 부산에 갔다
찜질방에서 시간을 때우다가
피시방에서 시간을 때우다가
노래방에 가서 또 시간을 때웠다
가출도 반복된 일상
학교처럼 지겨워졌다

자, 이제 돈도 떨어졌다
집으로 돌아가는 게 최후의 수단이다

진로

이정진

이것도 저것도 안 된다
앞날이 막막하다

막노동

이대현

아침 햇살에 일어나
나는 귀신에 홀린 듯
버스를 타고 간다
정신을 차려 보니 공사판

오늘도 노동을 시작한다
한 손엔 망치 들고
다른 한 손엔 사다리 들고
현장으로 간다
집중해 일하다 보면
어느덧 점심시간
밥은 꿀맛이다
하루 종일 일을 하면
팔다리가 빠지는 느낌이다
하지만 일이 끝나면 어쩐지 상쾌해진다
내일을 생각하며 나는 잠에 빠져든다

나와 내 마음의 소리

최명철

오늘도 내 마음속에서는
하나의 내가 또 다른 내게
소리를 치고 있다
시키는 대로 하지 말고
하기 싫다고 소리쳐라
그냥 맞서 싸워라
가만히 있지 말고 화를 내라
내 마음속에서 그런 소리들이 들린다

화를 내다 보면 잘했다,
그렇게 하기만 하면 된다 하는 소리
그런 소리가 들릴 때마다
내가 하는 일들이 잘하는 일이 맞나
생각이 들어 무섭다

나는 내 마음속에서 소리 지르고 있는
이 소리가 정말 무섭다
나를 뒤흔들어 버린 이 소리가
나를 잡아먹을까 봐 무섭다

현실과 가상현실

이형주

컴퓨터를 켠다
마우스로 커서를 움직여 게임 실행기를 누른다

게임이 켜지고 게임 세계로 빠져든다
나는 거기서 많은 가상인물들과 대전한다

나는 거기서 최강자로 늘 1위로 마무리를 짓는다

날마다 가상현실에서의 삶을 맛본다
그리곤 날마다 승리한다

하지만 게임을 끄고
컴퓨터를 끄고 나면

현실로 돌아와
아무것도 남지 않은

초라한 나를 거울로 바라본다

내 나이 열아홉

박준석

내 나이 열아홉
꿈이 많은 나이
공부를 하면 대학을 가고
대학을 가면 취업을 해야 하고

남들은 잘 알지도 못하면서
열아홉은 꽃다운 나이라고 한다
하지만 열아홉은 꽃다운 나이가 아니다
각자 무거운 짐을 하나씩 들고 있다

열아홉은 짐이 하나하나 늘어나는 나이다
짐이 늘어나면 늘어날수록
내 얼굴의 여드름이 증거로 말해 준다

내 인생의 열아홉은
최고로 고민이 많은 나이

치킨과 짬짜

한승호

양념 먹을까
후라이드 먹을까
고민한다
결국 반반 먹는다

짜장면 먹을까
짬뽕 먹을까
고민한다
결국 짬짜면 먹는다

반반이 있어 참 좋다

눈치껏

정호현

사람은 눈치가 중요하다
친구를 사귈 때도 그렇다
부모님 선생님에게 혼날 때도 그렇다
눈치가 없는 아이들은 어딜 가나 똑같다
이리 가도 저리 가도 눈치 없어 소외된다

그러나 눈치가 있으면 부모님 선생님
친구에게도 많은 사랑을 받는다
이렇게 사람이 살아가는 데는
눈치가 참 중요하다

하인

류대광

오늘도 간다
내일도 간다
쉬지 않고 가는 이 길
쉴 새 없이 오는 손님

나는 하인이다
손님이 왕이다
그럼 나는 그 왕을 받드는
하인이 돼서
그들의 시중을 든다
그렇다
난 하인이다

꿈

배승섭

나는 꿈이 많았다
경찰, 요리사, 소설가, 대통령……
하지만 어느 순간부터 난 꿈을 잃었다
그냥 하루하루를 보람 없이 지내고
나의 꿈을 잃어버렸다
청소하시는 어머니 등 뒤에서
일하시는 아버지 어깨 위에서
컴퓨터만 즐겼다
고등학교에 들어가고 난, 드디어 꿈을 찾았다
돈을 많이 벌어
가족과 함께 서로 웃고 친구들과 떠드는 것
이것이 나의 꿈이다

상장

임채영

학생들은 상장이란 걸 받으면
기분이 좋아 죽는다
상장을 받으면 무슨 기분일까?
나도 상장이란 걸 받아 보고 싶다
상장을 받으면 애들은 다 좋아한다
나도 애들처럼 상장을 타서 날아 보고 싶다
그리고 집에 가서 자랑도 해서
칭찬을 받아 보고 싶다.

에이-씨 선생

정윤혜

전근 온 지 6개월 만에
학생들에게 배운 말
에이-씨
화장실 이따 가라 에이-씨
그만 자라 에이-씨
핸드폰 집어넣어라 에이-씨

퇴근길 집까지 따라온 말
에이-씨
여보 옷 좀 찾아줘
엄마 태권도 띠 어딨어
콩나물 다듬다가
설거지하다가
에이-씨 에이-씨

입에 착착 감겨

좀처럼 떨어지지 않는 말
전근 온 지 6개월 만에
입에 제대로 붙은 말
에이에서 씨까지
입 모양대로
얼굴을 일그러뜨리는,

습관처럼
무뎌지는……

전근 온 지 얼마 지나지 않아서부터 소화가 안 되고 속이
쓰렸다. 그러더니 입을 벌릴 때마다 턱에서 딱딱 소리가 났
다. 숟가락질할 때마다 고통스러웠다. 의사는 스트레스가 주
원인이라고 했다. 그 때문에 밤에도 이를 악물고 잘 거라고
했다. 낮에 받은 스트레스가 잠들어 있는 나를 괴롭힌다는 말
이었다. 그도 그럴 것이 나는 예민해져 있었다. 학생들의 거칠
고 무례한 행동 때문만은 아니었다. 어디서나 들려오는 학생
들의 욕이 상당히 거슬렸던 것이다.
　전근 와서 들은 말 가운데 가장 씁쓸한 농담은 "학생들에게
욕을 먹어 보지 않고서는, 학생들이 뱉은 침에 미끄러져 보지
않고서는 교육을 말하지 말라."는 것이었다. 학생들의 욕은 때
와 장소를 가리지 않았는데, 심지어는 교무실에 앉아 있어도
학생들의 욕이 들려왔다. 처음에는 학생들의 욕에 일일이 대

응했지만 곧 지치고 말았다. 바빠서, 일을 더 크게 벌이고 싶지 않아서, 나한테 대놓고 한 것도 아닌데 하며 나는 학생들의 욕과 타협해 나갔다.

그러던 어느 날 집안일을 하면서 구시렁구시렁하는 내 자신을 발견했다. 어느새 나는 학생들을 닮아 버린 것이다. '에이-씨, 에이-씨'를 뱉을 때마다 쉽게 짜증이 났다. 화도 못 참겠고 괜히 억울했다. 아무것도 아닌 일에 싸우고 싶은 마음이 들었다. 그러다 "엄마, 혼자서 뭐라 뭐라 하는 거야?"라는 아들의 말을 듣고 나서야 '에이-씨'를 멈출 수 있었다. 내가 욕을 하고 있다는 것도 모를 정도로 그 욕에 익숙해져 버린 것이다. 나는 이런 내 모습을 잊지 않으려고 시를 썼다.

학생들에게도 시를 쓰게 했다. 미래가 없는 것처럼 행동하고, 그때그때 욕구를 내뱉듯 살아가는 학생들의 삶에 제동을 걸어 보고 싶었다. 잠시 멈추고 습관처럼 무뎌진 자신의 모습을 거울에 비춰 보자는, 그래서 지금 도대체 뭘 하고 있는지 알아차려 주길 바라는 마음이었다. 긴 글쓰기는 엄두도 못 내던 학생들도 일단 짧다니까 써 보려고 했다. 또래 학생들이 쓴 시를 여러 편 보여 주는 것도 효과가 있었다. 몇 가지 방법도 일러 주었다. 적어도 세 번은 고친다, 최근에 가장 불편했던 일이나 마음이 움직였던 장면을 기억한다, 그 장면을 사진 찍듯 생생하게 떠올리려 애쓴다, '사랑해, 고마워'와 같은 단어들은 눈에 보이는 상황으로 바꾸어 쓴다, 단골로 등장하는 '매일, 언제나, 항상, 오늘' 이런 표현은 걷어낸다.

"너희 엄마와 쟤네 엄마는 분명 다르잖아. 그런데 시를 보면 누구 엄마인지 알 수가 없어. 아무개 엄마가 아니라 오직 너희 엄마 얘기를 쓰는 거야. 그러려면 엄마의 표정, 습관, 말투를 떠올려야겠지. 그런데 말이야, 왜 하필 엄마 얘기를 쓰고 싶은 걸까? 왜 엄마지? 그걸 생각해 볼래?"

학생 시 가운데 부찬이의 〈가출〉이 생각난다. 〈가출〉을 읽으며 모두 잠든 새벽 두 시에 집을 빠져나가는 부찬이의 뒷모습을 보았고, 해가 뜰 때까지 부찬이가 동네를 배회했다는 것을 알았다. 부찬이는 가출의 꿈을 이루었으니 마땅히 즐거워야 했지만, "찜질방에서 시간을 때우다가 / 피시방에서 시간을 때우다가 / 노래방에 가서 또 시간을 때웠다" 그러고는 마침내 "가출도 반복된 일상 / 학교처럼 지겨워졌다 // 자, 이제 돈도 떨어졌다 / 집으로 돌아가는 게 최후의 수단이다"라는 것을 알게 되었다. 부찬이는 가출도 삶의 진짜 탈출구가 아니라는 것을 알게 된 것이다. 물론 시가 삶의 탈출구를 찾아 주는 것은 아니다. 하지만 '시간을 때우고, 시간을 때우고, 시간을 때우고' 있는 한 삶의 탈출구를 찾는 일이 쉽지 않다는 것을 일러 줄 것이다.

그러므로 시 쓰기는 자신도 어쩌지 못하는 속도로 달려만 가는 삶 위에서 '일시 정지' 버튼을 누르는 일이며, 욕에 기대지 않고도 자신의 속내를 드러낼 수 있다는 가능성이기도 하다. 그만큼 시는 위력적이다.

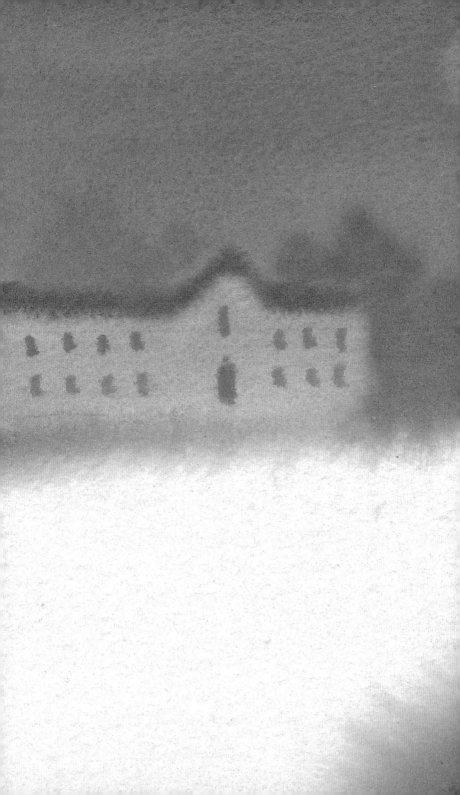

2부

우리 엄마가
바뀌었다

아버지와 술

양재영

초등학교 3학년 때
아버지는 일주일에 서너 번
술을 드시고 들어오셨다

새벽 한 시 내 방문이 열리면
코를 찌르는 듯한 술 냄새가
아버지보다 먼저 방으로 들어왔다
그 냄새에 나는 잠에서 깼다

아버지는 발로 내 발을 툭툭 건드렸다
야, 일어나 인마
내가 일어날 때까지 계속하셨다

내가 눈을 뜨면
아버지는 아무 말도 없이
가만히 나를 쳐다만 보다
내 방에서 나가셨다
나는 아버지의 술 냄새와 땀 냄새를 맡으며
다시 잠이 들었다

엄마의 주름

김종호

엄마의 얼굴을 볼 때마다
주름이 늘어난다

아무리 감춰도
깊어 가는 주름

엄마가 가끔 물어본다
이쁘냐고
그럴 때마다 웃으면서
"응"이라고 한다

왠지 모르게 나 때문에
생긴 것 같아
정말 미안하다

비교

김은솔

나는 비교당하는 게 싫다
특히 엄마가 다른 집 자식과 비교하는 게
정말 싫다

누구 집 딸이 무슨 대학을 갔는지
누구 집 아들이 기말고사 성적이 높은지
나는 궁금하지도 듣고 싶지도 않다

그치만 엄마는 계속 비교한다
지치지도 않는 모양이다
들리지 않는 척 무시를 해도
방문을 쾅 닫고 방 안에 들어가 있어도
엄마는 입을 결코 닫지 않는다

삶의 현장 체험

최강호

나는 오늘도 술에 취하신 아버지를 보며
학교를 간다
취하신 아버지를 보면 마음이 울적하다
학교 끝나고 지하철을 탄다
나는 오늘도 한 점 한 점 끊기는 필름 없는
지하철의 창문을 보며 인생 교육 받으러 간다
아버지의 장사를 도와드리는 일이다
집에만 계시던 아버지가
사람들의 시선을 어떻게 생각할까?
나는 그런 아버지가 안쓰럽다
한 사람 한 사람
아버지가 만든 음식을 먹고 간다
아버지는 한 사람 한 사람 올 때마다
웃음을 잃지 않으신다
난 그런 아버지가 좋다

더러운 인생

장재강

알바할 때는 알바 쉬는 날
고기도 사 주고 하더니
알바를 그만두니까
가족이 나를 대하는 태도가
180도 바뀌었다

알바할 때는 집에 들어가면
"일하느라 힘들지?" 하더니
이제는 집에 들어가면
"백수 주제에 왜 이리 늦게 들어오니!"
잔소리만 한다
인생 더럽다

부모님의 간섭

전다혜

아침에 학교 갈 때도
왜 빨리 안 가냐며 잔소리를 하신다
이렇게 부모님의 간섭이 시작된다

학교가 끝나고 학원을 다녀온다
또 부모님의 간섭이 시작된다

잠깐 컴퓨터를 켜는 순간
아버지가 오신다
넌 왜 하루 종일 컴퓨터만 하냐
난 정말 억울하다
켠 지 1분 됐는데

평일에는 학원을 가고
주말에 스트레스 풀려고 하면
넌 왜 일주일 내내 노냐
또 간섭을 하신다
난 정말 억울하다

자취

지정욱

혼자 살면 좋을 것 같지만
혼자 살면 편할 것 같지만
혼자 있는 게 얼마나 외로운지
밥 먹을 때도 혼자
잠을 잘 때도 혼자
아플 때도 혼자
집에선 늘 혼자

엄마의 잔소리가 들리지 않고
엄마의 밥 짓는 냄새를 맡지도 못하고
가족의 웃는 소리도 들리지 않는다
집에 오면 혼자
언제나 혼자
오늘따라 왠지 엄마의 잔소리가 그립다

설렁탕 한 그릇

양준희

일요일이 되면
아버지랑 형이랑 나랑 설렁탕집으로 간다
늘 같은 식당에서 설렁탕을 먹는다
가끔 이런 생각을 한다
어렸을 때 아버지와 다닌
이 골목길과 주위의 나무
근처의 가게
전부 사라지고 없는데

남은 건 아빠와의 추억이 담긴
설렁탕집인데
이 집마저 없어진다면
슬플 것 같다
그래서 일요일만 되면
아버지랑 형이랑 나의 추억을 쌓으러 간다

내 키

조웅진

부모님은
내가 많이 클 거라 하셨다
참 좋았다
친구들에게 자랑도 하고
수시로 키를 확인하고
뿌듯했다
요즘은
내가 키 이야기만 하면
부모님이 말을 돌리신다

아버지와 담배

강기천

어렸을 때
아버지가 담배를 피우실 때
참 신기했다

용 같기도 하고
자동차 배기구 같기고 하고
수증기 같기도 하고
참 신기했다

요즘에는
아버지가 담배를 피우실 때
신기하던 그 연기는 보이지 않고
아버지의 한숨만 자꾸 보인다

우리 엄마가 바뀌었다

이수지

인문고 다닐 때 늦게 들어가면
"고생이 많았지?"
공고에 와서 늦게 들어가니
"뭐 하느라 늦게 와."

인문고 다닐 때 교복을 줄이면
"학생이 줄일 수도 있지."
공고에 와서 교복을 줄이니
"학생이 이게 뭐야."

내가 학교를 옮기고 엄마가 바뀌었다
엄마!
학교를 옮겼어도
나는 나야
난 절대 달라지지 않았어

아버지

이성우

아버지가 돌아가셨다
어둡게 느껴지는
영안실 한가운데
침대 위에 아버지가 누워 계셨다
하얀 천에 덮인 채
나는 천천히 다가가 천을 걷어 냈다
아버지를 끌어안고
귀에다가
"죄송해요, 고마워요, 사랑해요."라고 말했다
대답 좀 해 보라며 아버지를 꽉 끌어안았다

아버지의 굵은 목소리
재미있는 말투
짧은 머리 큰 키 넓은 어깨
이 모든 걸 기억하고 싶지만
영안실 흰 천에 덮인 아버지만
머릿속에서 지워지지 않는다

아빠와 담배

이진화

아빠는 몸에 안 좋은 것을 하신다
그것은 바로 술 담배
아빠가 제발 술 담배를 끊으면 좋겠다
아빠가 할머니한테 술 그만 먹으라고
꾸중을 들을 때면
나는 방에 들어가서
공부하는 척을 한다

첫 월급

정회명

한 달 동안 뼈 빠지게 일해서 받은 이십만 원
엄마가 첫 월급은 엄마한테 주는 거라며
십오만 원을 뺏어 갔다
남은 건 오만 원
갑자기 형들이 내게 다가왔다
형들한테 이것저것 사 주다 보니
남은 건 달랑 오천 원
그다음부터 월급날을 비밀로 한다

삼천 원

전슬기

학교 가기 싫어서 늦잠을 자고 컴퓨터를 했다
엄마가 화난 목소리로 삼천 원을 던져 주며
학교에 가라고 했다
학교 가기 싫었지만 돈은 삼천 원뿐이라 학교에 갔다
학교는 밥과 잠자리를 제공하는 좋은 곳이다
삼천 원으로 할 수 있는 게 세상에는 많지 않다

우리 엄마

백소현

우리 엄만
머리 숙이는 것도 잘 못하고
자존심 구기는 일도 전혀 하지 못한다
그래서 내가 그렇게 하게 하면 안 되겠다고 생각했다
가장 큰 실수는 담배였다
일하기도 바쁜 엄마를 학교에 오시게 했다
엄마는 자존심이고 뭐고 버리고
그저 부탁 드린다고 봐 달라고 하셨다
몹쓸 짓을 한 것 같다
그러면 안 됐는데 미안한 마음뿐이었다
엄마가 서류를 다 작성하신 다음
"엄마 일 가야 돼." 하며 웃으셨다
집에서 보니 우리 엄마 정말 늙었다

알바

송승현

아버지가 하루에 한 번 용돈을 주시지만
그 돈은 내게 너무 적다
하루에 오백 원 졸라서 육백 원 그리고 천 원
끝내 천오백 원
나는 백 원, 이백 원 올려 주는 아버지가 싫었다

그날 저녁 알바를 하러 갔다
일을 하며 생각했다
남의 돈 벌기가 쉽지 않구나
아버지에게 죄송한 마음이 들기 시작했다

아버지 죄송해요

김우성

아버지는 새벽에 일을 나가신다
저녁에 집에 오면 많이 힘드실 텐데
밥상엔 그저 밥과 국, 반찬 한두 가지뿐이다
그러면서도 우리를 보는 시선은 늘 따뜻하다
아버지는 날마다 초라하게 드시다가
우리가 오면 그제야
반찬을 조금 더 꺼내서 드신다
그 모습을 보면 가슴이 답답해진다
그래서인지 애들과 놀다가 밥을 먹더라도
아버지가 오실 시간이 되면 먼저 가서
"아버지 오셨어요?"라고 말한다
그러면 아버지도 좋아하신다
아버지, 저녁이라도 제대로 한 끼 드세요

아빠와 막걸리

김은솔

나는 아빠와 사이가 좋지 않다
남들이 부녀 사이로 절대 보지 않을 것이다
아빠와 집에 같이 있을 때도
말 한마디 나누지 않는다

하지만 서너 달에 한 번 아빠가
집에서 막걸리를 드신다
아빤 막걸리를 드시면 착해지신다

막걸리를 드시고 기분 좋게 취하신
아빠가 나에게 하는 말

우리 막내딸 시집가기 전에
내가 죽으면 안 되는데
그 한마디에

그동안 아빠에게 서운했던 모든 것들이 눈 녹듯 했다
하지만 그다음 날에
또다시 시작된 아빠와의 냉전

아빠가 막걸리를 드셨으면 좋겠다

막걸리를 드신 아빠는 불편하지가 않으니까

그 말

이상민

우리 형 하는 말
공부하겠다는 말
그 말은 정말일까

우리 엄마 하는 말
세뱃돈 맡아 준다는 말
그 말은 정말일까

나 자신한테 하는 말
성공할 수 있다는 말
그 말은 정말이다

어머니

김은실

어머니는 왜 내 마음을 모르실까
어머니는 왜 오빠만 찾고 난 찾지 않을까
어머니는 왜 오빠에게만 고민을 털어놓으실까
어머니는 왜 오빠만 챙기시는 걸까
어머니는 왜 오빠 몸만 걱정하실까
어머니는 왜 오빠 얘기밖에 안 하실까
어머니 마음에 왜 나는 없는 걸까
내가 이렇게 간절하게 부르고 있는데
어머니 눈은 그저 오빠에게만 가 있다

어머니, 제가 어머니를 애타게 부르는데
전 무엇입니까
전 어머니에게
어떤 존재입니까

어머니와 나

이준희

어머니는 내가 중학교 들어가
애들한테 맞고 다닐 때부터
눈물을 흘리셨다

덩치도 큰 나를 순하다고만 생각하시는 어머니
마음이 저려 온다
아, 나는 왜 애들한테 맞아야만 할까
어머니는 나를 위해서 눈물로 기도를 하신다
난 싸우기가 싫다

아픈 몸을 이끌고 기도하시는
나의 어머니
그래서 난 애들한테 맞아도
참아야 한다

백화점에 다니는 우리 형

홍영진

우리 형이 먹을 것을 집에 가져오면
우리 엄마는 기뻐하신다
형은 백화점 식품 매장에서 일을 한다
형은 가끔 생선이랑 해물을 가지고 온다
그리고 그것들을 가지고
우리 엄마는 맛있게 요리를 하신다
그러면 우리 가족들은 행복해진다
형은 가끔씩 집에 늦게 들어오기도 한다
그런 날 형은 부모님한테 혼이 난다
그러면 형은 죄를 반성하고
또 열심히 일해가지고 월급을 가지고 온다.

우리 집

유승진

집에 가면 애들이 많다
지네, 바퀴벌레, 곱등이, 거미
맨날맨날 봐도
친해지기 힘들다
언젠가는 사라지겠지.

맨날 화내는 아빠

박지훈

아빠는 아침에 일어나면
나한테 화를 낸다

아빠는 밥을 먹을 때도
나한테 화를 낸다

아빠는 일을 끝내고 돌아오셨을 때도
나한테 화를 낸다

아빠는 잠자기 전에도
나한테 화를 낸다

겪은 것이 시가 된다

조혜숙

2008년, 전근을 와 근무를 시작했을 때 학생들이 수업 준비를 거의 하지 않은 채 앉아 있는 것이 무척 낯설었다. 필통을 가지고 다니는 학생이 한 반에 한둘이나 될까. 몇몇 학생들은 교복 안주머니에서 볼펜을 꺼내 썼다. 학생들이 학습에 의욕을 보이지 않아 난감했는데, 어떠한 말에도 반응을 보이지 않는다는 것이 더 힘들었다. 우스운 말을 해도 잔소리를 해도 시큰둥했다. 나는 마치 방음벽을 두른 아이들과 수업 하는 것 같았다.

어떻게든 50분 동안은 수업을 해야 했다. 무엇을 해야 하나 그러다가 수업 시간에 들고 간 것이 A4 용지와 색연필, 사인펜, 그리고 학생들이 읽을 만한 시 몇 편이었다. 시 수업을 시작한 것은 그것이 우리 학교에서 할 수 있는 쉬운 수업 가운데 하나라고 생각했기 때문이다. 그리고 수능 시험을 준비하는 학생이 거의 없기 때문에 가능한 일이기도 했다.

먼저, 짧고 쉬운 시를 함께 읽었다.

하늘을 깨물었더니
비가 오더라

비를 깨물었더니
내가 젖더라

정현종의 시 〈하늘을 깨물었더니〉를 읽더니, 이런 것도 시냐고 물었다. 나누어 준 시 가운데 마음에 드는 시를 골라 A4 용지에 옮겨 써 보라고 했다. A4 용지를 반으로 접으면, 앞뒤로 네 편을 쓸 수 있다. 그리고 왜 마음에 드는지 이유도 써 보라고 했다. 마음이 내키면 시를 읽고 떠오르는 그림을 그려 보라고도 했다. 그렇게 하니, 50분이 잘 지나갔다.

그다음 시간에도 A4 용지와 색연필, 사인펜을 가지고 갔다. 이번에는 조금 긴 시를 몇 편 더 준비했다. 그리고 모방시 써 보기를 했다. 중학교에서 근무할 때 한 학생이 〈딱지 따먹기〉를 모방해 쓴 〈판치기〉를 예로 보여 주었다.

딱지 따먹기

딱지 따먹기 할 때
딴 아이가 내 것을 치려고 할 때,
가슴이 조마조마한다
딱지가 홀딱 넘어갈 때

나는
내가 넘어가는 것 같다

판치기

친구들과 판치기 할 때
딴 아이가 내 것을 치려고 할 때,
가슴이 조마조마한다
동전이 홀딱 넘어갈 때
나는
내가 넘어가는 것 같다

"그 정도만 바꾸면 돼요?" 하고 학생들이 물었다.

이런 식으로 모방시 쓰기를 두 번 연습하고 잘 쓴 시들을 골라 함께 읽어 보았다. 또 50분이 잘 지나갔다. 그다음에는 생활시를 써 보았다. 생활시 쓰기를 할 때는 자신이 겪은 일 가운데 기억에 남는 것, 말하고 싶은 것을 있는 그대로 써 보자고 했다. 학생들은 학교에서의 일, 학교 밖에서의 경험, 집에서 겪은 일 등을 잘 보여 주었다. 그렇게 쓴 시들을 도화지에 옮겨 쓰고 그림도 그리고 색칠도 하고 시화를 만들었다.

학생들은 시를 쓰면서 무슨 생각을 하고 무엇을 얻었을까. 나는 시 쓰기 덕분에, '수업을 할 수' 있었다. 학생들이 시를 쓰기 위해 가만히 궁리하는 모습도 보았고, 쓴 글을 고치는 모습도 보았고, 조금 더 어울리는 그림을 그리려고 애쓰는 모습도 보았다. 나는 생활시를 읽으며 학생들 마음의 상처와 웃음을 알 수 있었다. 대현이는 시를 쓰면서 방학 동안 막노동 했던 경험을 들려주었다. 친구들은 하루 만에 도망갔지만 자기는 한 달 동안 했다고 했다. 종혁이와 승현이는 돈을 쓰고는 싶고 알바를 하기는 싫다고 했다. 불판 닦기는 정말 정말 힘들다고 했다. 형진이가 원동기 면허증을 거리를 두고 생각해 보고 있다는 것도 알게 되어 흐뭇했다. 또 강호가 아버지 걱정을 한다는 것을 시를 읽으며 알 수 있었다.

시 쓰기를 세 해째 하던 가을 어느 날, 수업 시간에 내가 이런 말을 했다.

"우리 학교 학생들은 생활시를 참 잘 써요."

그랬더니 전자과 3학년 김상진이 이렇게 말했다.

"샘, 왜 그런지 알아요? 우리가 겪은 것이 많아서 그래요."

상진이가 말하는 '겪은 것'이 조금은 별나고 아픈 것인지도 모르겠다. 때로는 그런 것이 시가 된다. '겪은 것이 시가 된다'는 것을 배운, 학생들과 함께한 시간에 감사할 따름이다.

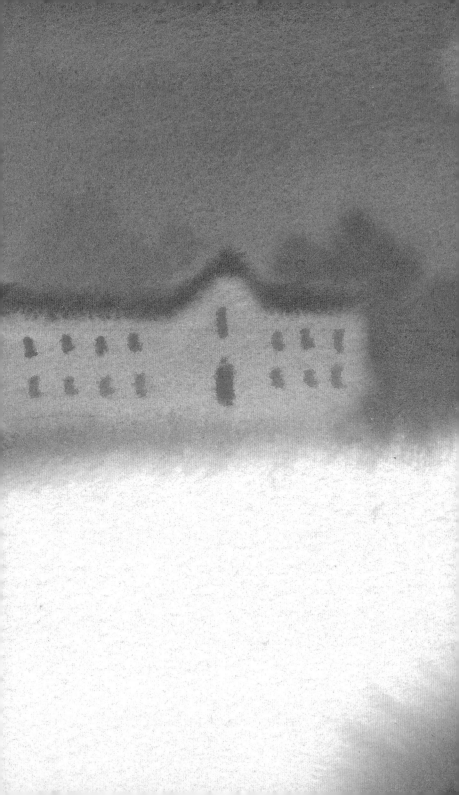

3부

우리 학급 생활 규칙 열 가지

울보 담임

김동진

담임은 울보다
우리가 쪼금만 잘못해도 운다
다른 선생님 시간에 떠들어도 운다
대들다가 울면 우리만 불리해진다
내일도 담임은 울 삘이다

우리 학급 생활 규칙 열 가지

박영준

과연 우리 반 애들이 이것들을 지킬까?

첫째, 학교에서 절대 담배 피우지 않기

둘째, 함부로 침이나 껌 뱉지 않기

셋째, 욕을 하거나 비속어 사용하지 않기

넷째, 지각 결석 하지 않기

다섯째, 수업 준비 잘하기

여섯째, 용의 복장 단정하게 하기

일곱째, 청소 활동 열심히 하기

여덟째, 수업 시간에 잠을 자거나 잡담하지 않기

아홉째, 교실 벽에 낙서하지 않기

열째, 쓰레기 분리수거를 생활화하기

담임과 우리

김한수

담임은 오늘도
화가 이빠이 나 있다
여덟 시 삼십 분 반 학생이 열 명도 없다
담임 얼굴은 화를 못 참아 빨개져 있다
마치 불곰을 보는 것 같다

담임과 우리는 3년간* 적이다
하지만 우린 담임을 사랑한다

* 전공 과목 선생님은 3년간 수업 지도를 담당한다.

담임과 나

류연우

우리 담임은 내가 늦게 갈 때마다 땍땍거린다
애들과 맨날 하는 말은
우리 담임은 땍땍이
맨날 땍땍거려서 하는 말
뭐만 잘못해도 땍땍이
맨날 "땍땍", "땍땍"
그만 좀 땍땍거리면 좋겠다

잠

우세욱

나는 정말 잠이 많다
1교시 수업 시간도
2교시 수업 시간도
3교시 수업 시간도
4교시 수업 시간도
그런데 밥 먹어야 할 땐
나도 모르게 잠에서 깬다
정말 신기하다

선생님

선생님이 들어온다
공부를 한다 갑자기 졸린다
자다가 걸려서 혼난다

대든다 그래서 학생부에 끌려간다
가서 벌 선다

반성문을 쓰다가 열이 받고
맘속으로 욕하고 울화통이 터진다
그러다 진정돼서 용서를 빈다
선생님이 받아 주신다
마지막엔 다 웃는다

담임선생님의 하루

임용균

지각 결석 하면
때린 데 골라서 또 때리고
안 때린 데 골라서 또 때리고
우리 반은 폭력반

기분 좋으면 플라스틱 야구방망이
기분 안 좋으면 알루미늄 야구방망이
때린 데 또 때린다
우리 반은 야구장

선반*

임채정

선반

위험한 선반

오늘도 먹잇감*을 찾았다

* 각종 금속 소재를 회전 운동을 시켜서 갈거나 파내거나 도려내는 데 쓰는 공
  작 기계
* 친구의 손가락

납땜

진현우

나는 전자과다
전자과는 납땜을 한다
실습실에서 납땜을 한다
실습실에서 하는
납땜 냄새는 정말
어질어질하다
나는 전자과다
나는 얼른 졸업해서
납과 관련 없는 일을 할 거다

왕따

박장근

오늘도 교실에 오면
한 아이가 맞고 있다
걔는 왜 맞고 있을까?
바로 친구들과 잘 어울리지 못하기
때문이다
왜 왕따가 맞고만 있는지
왕따의 속마음을 알고 싶다
왕따시키는 애들을
부숴 버리고 싶다

교도소 학교

황새은

아침 여덟 시 삼십 분이 되면 교도소로 출근
교도소 정문엔 군인 경찰들이 보초를 서고
사이렌이 울리면 각자 빵에 들어간다
다시 울리면 코딱지만큼인 십 분을 쉬게 해 준다
열두 시 삼십오 분이 되면 점심을 준다
그렇게 허접한 점심을 먹고
힘든 훈련을 마치고
네 시 삼십 분이 되면 청소를 하고
종례를 하는데 그 전에 탈영하면 죽음이다
그렇게 겨우,
힘들고 험악한 교소도에서 나온다

시간

김한준

학교에 오면
두 가지를 기대한다
점심시간
집 가는 시간
365일 시간만
빨리 가면 좋겠다

호구빵

임희수

가위 바위 보
한 사람의 모든 것이 걸린
한판 승부
안 내면 진 거
가위 바위 보
앗 이겼다

한 명의 호구가 생겼다
모든 심부름을 호구에게 시킨다
그래 덤벼라 상대해 주마
가위 바위 보
헉 난 호구가 되었고
내 호구를 잃었다
'호구빵 더 이상 안 해야지'

왕따

어우연

학기 초에 친구를 사귀고 싶어서
수업 시간에 까불었다
그랬더니…… 그랬더니……
내 곁에 친구들이 사라진다
어쩜 좋지? 어쩌면 좋아?

나는 친구의 조언을 듣고
싸움을 잘하는 척을 했는데……
싸움을 잘하는 척을 하는 게 아니었다
초조하다 긴장된다
옥수수가 팝콘이 되는 것처럼
심장이 터질 것 같다

수업 시간

박수영

오늘도 난 학교에 와서 수업을 듣는다
주위를 돌아보니
어떤 학생은 자고 있고
어떤 학생은 떠들고 있고
어떤 학생은 딴짓을 한다

부모님은 자기 자식이
수업 시간에 공부한다 생각하는데
주위에 있는 애들을 보니
그런 것 같진 않다

셔틀

김정남

우리 반에 양아치가 있다
그런 애들 땜에 학교 오기 싫다
맨날 천백 원 주고 빵 사오란다
내가 공부하러 학교 오지 빵 사러 오냐?
나도 똑같은 사람이다
그만 시켜

학교

임형룡

1학년 때에는
근심 걱정 하나 없었고
2학년 때에는
다음 학년에 잘하자 했고
3학년 1학기에도
그저 시간이 빠르구나, 그랬다

그러나
2학기가 되고 보니
눈앞에 보이는 게 하나도 없더라
대학을 가자니
어느 과 어느 학교
고민으로 머리 깨지고
취업을 하자니
어디서 무슨 일을 할지
걱정이 되어 마음 졸였다

그러나 제일로 큰 걱정은
갈 수 있나 없나가 아닌

과연 내가 잘할 수 있을지
그게 제일 걱정이다

시험

배윤호

여덟 시 사십오 분 시험 시작
십 분 뒤……
다 전멸이다
종이 쳤다
OMR 카드를 낸다
생존자는 열 명 이하다
종례 시간이 되면 모두 다 살아난다
우리 학교 시험 시간은 숙면 시간이다

손가락

최재하

오늘 우리 반 어떤 아이가
기계 작업을 하다가
손가락이 잘렸다

기계가 돌아가는 부분에 손을 넣었다가
다른 애가 작동시켜서 잘린 것이다

둘 다 불쌍하다

울 학교 아이들

신정훈

오늘도 선생님들은 교문 앞을 지킨다
누가 선생님들이 입지 말라는 외투를 입었나?
누가 선생님들이 신지 말라는 슬리퍼를 신었나?
누가 선생님들이 자르라는 머리를 자르지 않았나?
참, 울 학교 아이들은 가지가지 한다

교실에 무서운 선생님이 오시면 조용
착한 선생님이 오시면 시끌벅적
쉬는 시간이나 점심시간에 모여서 담배 피우고
학교 끝나고 친구들과 모여서 담배 피우고
참, 울 학교 아이들은 가지가지 한다

화장실

최진욱

오늘도 학교에서 담배 냄새가 난다
쉬는 시간 화장실로 뛰어가는 학생들
자신이 피우고 나면 다른 학생을 위해 망을 본다
그런 학생들을 잡기 위해
화장실로 가는 선생님들
그러다가 하나둘씩 학생들이
자퇴를 하거나
퇴학을 당한다

우리 학교

권순호

처음 입학했을 땐 서른두 명
한 달이 지나니 한 명이 자퇴를 한다
또 한두 달이 지나니 한두 명이 자퇴를 한다
우리 학교는 재미있는 학교
한 달이 지날 때마다 한 명씩 사라지는 학교
우리 학교는 신기한 학교
내가 3학년이 될 때까지 과연 몇 명이나
살아남을까

바지통

나병무

바지는 왜 줄일까?
안 줄여도 이쁜데
일진의 상징 쫄바지
찌질이의 상징 통바지
가끔 보면
'바지야? 레깅스야?'라는 생각이 든다

우리 학교 화장실

박지은

나는 우리 학교 화장실이 편하다
거울을 보면서 친구와 얘기할 수 있고
편하게 코도 후비고
편하게 방귀도 뀌고
화장실은 모든 것이 편하다

그런데 딱 하나 안 좋은 점이 있다
화장실에 계속 있으면
선생님들은 우리가 담배를 피우는 줄 아신다
학생들을 의심하지 않으면 좋겠다
그래도 우리 학교 화장실은
여자들의 이야기 공간
화장실은 최고다

빵돌이

김태영

우리 반 몇몇 아이들은 빵돌이라 불린다
빵돌이란 빵을 사다 주는 아이를 말한다
그 아이들은 군말 없이 빵을 사러 간다

나는 빵을 사다 주는 아이와
시키는 아이의 중간이다
빵을 사 오라 시키면 편하기도 하고
미안하기도 하다
나는 편안함과 불편함의 중간이다

출석부

김대현

어디로 갔을까
우리 출석부

어디에 버려졌을까
우리 출석부

어디에 있을까
우리 출석부

안 돌아왔으면 좋겠다
우리 출석부

조회와 종례

이은총

조회 시작 5분 전
다섯 명뿐인 우리 반 교실
2교시 수업 시간
우리 반 1/3 정도가 있다
점심시간
우리 반 2/3 정도가 있다
종례 시간 전
우리 반 1/3 정도가 있다
조회, 종례 시간에는
사람 수가 같아진다

우린 입학식 때는 32명이었지만
한 번도 반에 32명이
조회, 종례 때 있었던 적이 없는 것 같다

지금은 28명이다
나도 조회, 종례를 영원히 못 하게 될 수도 있으니
조심해야겠다

하루 동안의 담배

라진용

학교 갈 준비를 하고 집에서 나와, 담배 한 대
우리는 이것을 모닝이라고 하지

학교에 와서 밥을 먹고 나서, 담배 한 대
우리는 이것을 식후라고 하지

학교 끝나고 밖에 나와서, 담배 한 대
우리는 이것을 끝빵이라고 하지

어쩌다 선생님을 만나면 우리는 도망을 치지
안전한 곳으로 도착하면 기념으로 담배 한 대

어쩌다 부모님한테 걸리면 집을 나오지
그러면 화가 나서 담배 한 대

우리는 담배와 함께 살지
누구도 담배를 욕할 순 없지

나의 하루 동안의 담배

우리 학교

송영국

우리 학교는 별로 욕먹을 만한 이유가 없다
근데 항상 학교 밖 어른들은 욕을 한다
심지어 우리랑 놀지 말라고 하는 부모도 많다
도리어 내가 그 어른들을 욕하고 싶다
직접 다녀 보지도 않고서 욕을 하는 어른들이 싫다
누군가 나서서 우리 학교를 기죽지 않게 했으면 좋겠다

나는 나에게 작은 손을 내밀어

김상희

점심시간에나 모습을 드러내는 오후반 학생, 매사에 폭력으로 문제를 해결하는 학생, 덩치는 크나 유아기적 사고를 못 벗어나 자기중심적으로만 생각하고 교사에게 위협적으로 대드는 학생, 경찰서와 법원을 다니느라 바쁜 학생, 가출해서 한 달째 연락이 닿지 않는 학생, 수업 시간에 전혀 집중하지 못하는 학생…….

날마다 무단 조퇴생과 지각생, 결석생과 씨름해야 했고, 가끔 보너스로 폭력 사건도 벌어졌다. 나는 학생들에게 두 손 두 발 다 들고 사뭇 애원조로 나갔다. "화가 나도 폭력은 쓰지 마라." "약한 학생 괴롭히지 마라." "수업 시간에 선생님들께 공손하게 해라."

생활 지도도 어려운 학생들에게 교과 지도는 무리였다. 책과 펜을 가지고 오는 데만 한 달이 걸렸다. 이런 상황에서 교과서는 아무런 의미가 없었다. 그래서 같은 학년을 맡은 선생님들과 함께 '시 쓰기 수업'을 시작했다. 시집을 읽고 마음에 드는 시를 찾아 그대로 베껴 써 보고, 시를 변형해서 모방

시를 써 본 다음 창작시를 써 보았다. '학생들이 과연 한 줄이 라도 제대로 쓸까?' 하고 걱정했으나 기우였다. 학생들이 의 외로 재미있게 참여하는 것이었다. 학생들의 흥미를 불러일 으키기 위해 다양한 색상의 고급 색연필과 사인펜을 나눠 주 었고, 시는 유명한 시보다는 중학생을 위해 나온 《국어시간에 시읽기》에 실린 시를 활용했다.

처음 학생들의 창작시를 읽던 날이 선명하게 떠오른다. 그 날은 내가 학생들 마음을 볼 수 있었던 날이기 때문이다. 우 리 반 학생들은 담임인 나에 대한 시를 많이 썼다. 애원하기 도 하고, 눈물 흘리기도 하는 모습을 시에 담아낸 것이다.

울보 담임

담임은 울보다
우리가 쪼금만 잘못해도 운다
다른 선생님 시간에 떠들어도 운다
대들다가 울면 우리만 불리해진다
내일도 담임은 울 뻴이다

이 시를 쓴 학생은 걸핏하면 다른 학생을 때렸다.
'쟤가 잘못해서 때린 건데 선생님이 무슨 간섭이냐'는 태도 가 몸에 배어 있었다. 하루 종일 협박도 하고, 달래도 봤지만 별반 반성하는 기미가 보이지 않았다. 내가 허공에 대고 얘기를 하나, 하는 생각이 들 정도였다. 그런데 그 학생의 시를 읽으니 "쪼금만"에 감정이 실려 있었다. 그 모든 일들이 그 학생의 인지 구조에서는 정말 "쪼금만" 잘못한 것이었구나, 하는 생각이 들었다.

그 학생은 물론 다른 학생들도 반성하는 의미에서 시를 쓴 것이 아니라, 자기들이 보기에 너무도 '황당한' 담임에 대해 쓴 것이다. 그런 솔직한 시들이 내게 깨달음과 위안을 주었다. 그 학생의 입장에 서서 나를 바라보게 된 것이다. "대들다가 울면 우리만 불리해진다"라는 구절을 읽으며 내가 감정이 격해져 눈물이 그렁그렁 맺힐 때 내 표정을 살피며 움찔하던 학생의 모습이 생각났다. 그러자 갑자기 덩치가 산만 하고, 내 인지 구조 속에 '문제아'로 낙인 찍혀 있던 그 학생이 귀엽게 느껴졌다.

아르바이트, 교실 풍경, 가정, 그 밖에 자신의 일상에 대해 쓴 시들을 읽으며, 학생들의 삶과 생각을 찬찬히 들여다보게 되었다. 내 눈에는 제멋대로고, 미래에 대한 꿈과 희망도 없이 무기력해 보이던 아이들이었는데, 사실 아이들은 나름대로 많은 것을 보고 느끼고 겪고 생각하며 지내고 있었다. 그것들이 내 눈에 보이지 않았을 뿐이고, 그 삶이 사회가 정해 놓은 트랙에서 조금 (많이) 벗어나 있을 뿐이었다. 그것은 '틀린' 사회라기보다 나와 조금 '다른' 사회에 불과한 것인지도 모른다. 그리고 나는 '왜 너희는 내가 살았던 것처럼 살지 않느냐'는 불만을 가지고 있었던 것은 아닐까. 학생들의 시를 읽은 날,

내가 정말로 학생들에게 요구해야 할 것이 무엇인지를 다시금 찬찬히 생각하게 되었다. 정말로 '인간다움'을 지키기 위해 필요한 최소한의 조건을 말이다.

　내가 수많은 날 일기를 쓴 것처럼 학생들은 시를 쓰면서 자신의 마음을 들여다보고 치유해 갔을 것이다. 어떤 학생들은 시를 쓰면서 "나는 나에게 작은 손을 내밀어 / 눈물과 위안으로 잡는 최초의 악수"*를 경험했을 것이다. 겉으로 드러난 공교육의 붕괴 현상을 주목하기 전에, 학생들의 시를 읽으면서 그들이 때로는 좌절을, 또 무엇인지 정확히 표현하기도 힘든 괴로움을 겪고 있다는 것을 알아주면 좋겠다.

* 윤동주의 〈쉽게 씌어진 시〉 마지막 구절

내일도 담임은 울 뻘이다

★공고 학생들이 쓴 시

1판 1쇄 발행일 2020년 9월 20일
개정판 1쇄 발행일 2012년 3월 26일
개정판 8쇄 발행일 2023년 5월 29일

엮은이 김상희 정윤혜 조혜숙

발행인 김학원
발행처 (주)휴머니스트출판그룹
출판등록 제313-2007-000007호(2007년 1월 5일)
주소 (03991) 서울시 마포구 동교로23길 76(연남동)
전화 02-335-4422 **팩스** 02-334-3427
저자·독자 서비스 humanist@humanistbooks.com
홈페이지 www.humanistbooks.com
유튜브 youtube.com/user/humanistma **포스트** post.naver.com/hmcv
페이스북 facebook.com/hmcv2001 **인스타그램** @humanist_insta

편집책임 문성환 **편집** 윤무재 **디자인** 유주현 김수연 **표지 일러스트** 이경돈
용지 화인페이퍼 **인쇄** 청아디앤피 **제본** 민성사

ⓒ 김상희, 정윤혜, 조혜숙, 2020

ISBN 979-11-6080-457-8 43810

• 이 책은 저작권법에 따라 보호받는 저작물이므로 무단 전재와 무단 복제를 금합니다.
• 이 책의 전부 또는 일부를 이용하려면 반드시 저자와 (주)휴머니스트출판그룹의 동의를 받아야 합니다.